Lázaro Droznes

LAS VIUDAS DE IBSEN
Esplendores y miserias de un gran dramaturgo

Published by UNITEXTO

LAS VIUDAS DE IBSEN

Ambiente finisecular de comienzos del siglo XX. Hay un féretro en el centro de la escena. Velas ardiendo. Coronas de flores apoyadas sobre el piso. Aparecen como por arte de magia 3 mujeres vestidas según la época de negro, llevando luto. Observan extrañadas sin entender la situación. Se miran entre sí, pero sin animarse a hablar. Nora es una mujer joven, de 30 años, atractiva, con una gracia espontánea. Hedda es una mujer de 40 años de estilo imperial, dominante e impone presencia con su actitud masculina. Lleva un par de pistolas en la cintura. Helena Alving es una mujer de 60 años, gris, sufrida, desgastada por la vida.
De pronto se abre la caja del féretro y sale Henrik Ibsen con su característica barba. Mira extrañado mientras intenta descifrar lo que está pasando. Se acerca y mira en los ojos a cada una de las tres mujeres.

IBSEN
Creo imaginar que este es mi propio velorio. Jamás imaginé que yo sería uno de los invitados. ¿Puedo preguntarles quienes son ustedes? *(pausa)* Espero no sonar impertinente...

NORA
Soy Nora Helmer, la protagonista de su obra "Casa de muñecas".

HELENA
Soy Hedda Gabler, el personaje de su obra que lleva mi nombre.

Ibsen gira la mirada hacia Helena y le dirige la palabra.

IBSEN
¿Me permite adivinar? Creo intuir quien es...

HELENA
Usted me creó. Soy producto de su imaginación...tiene
todo el derecho...

IBSEN
¿Helena Alvig? ...De Espectros

HELENA
No era muy difícil. En su momento fuimos íntimos. Como
todo autor con sus personajes.

IBSEN
Permítanme que me introduzca...

HEDDA, NORA, HELENA (al unísono)
No hace falta Ibsen, sabemos bien quien es usted.

IBSEN
¿Les puedo preguntar qué están haciendo aquí?

HEDDA
¿Le podemos preguntar lo mismo? ¿Qué hace usted acá?
Debiera estar en el cajón. Inmóvil, mudo y frío

IBSEN
Y ustedes deberían estar en mis libros. A lo sumo vivas
en escena por un breve lapso de tiempo.

HEDDA

Usted es un poeta dramático, un hombre que inventa historias. ¿Por qué no inventa una que explique lo que está pasando?

IBSEN
Es un velorio con mis personajes que no sé si lo estoy escribiendo, lo estoy soñando o lo estoy viviendo. Pero, ¿qué importancia tiene? Como dijeran mis antecesores, la vida es sueño, y los sueños, sueños son.

NORA
¿Esto es un sueño o está sucediendo? ¿Quién está soñando a quién?

IBSEN
Pareciera que de alguna manera los personajes femeninos de mis obras son convocadas para una última despedida del autor, antes de ser enterrado.

HELENA
¿Si fuera el caso, donde están las otras? Faltan un montón. Además, ¿Quién invitó? ¿Quién organizó? ¿Cómo fuimos notificadas? ¿Tenemos algún domicilio?

HEDDA
Los personajes masculinos no vinieron al velorio. *(pausa)* Qué extraño...

IBSEN
Toda mi vida he valorado e idealizado a las mujeres.

HEDDA
¿Es por eso que los personajes masculinos no vinieron? ¿Se sienten marginados en sus preferencias?

IBSEN

Nunca hice diferencias en mis obras en relación con el
género. Tanto hombres como mujeres están sometidos a
las exigencias de una sociedad que impide el desarrollo
de cada persona. Rechazo la polarización sexual típica
del patriarcado. Sería milagroso y maravilloso tener
mujeres que puedan ser agresivas y hombres que
puedan ser tiernos y compasivos. Hay un conflicto entre
la identidad prescripta por su género y su autonomía
individual.

NORA

Quizás las convocadas sean las favoritas. ¿Es así Señor
Ibsen?

IBSEN

Usted Nora ha sido siempre mi favorita. Y Helena, usted
es como la contrapartida de Nora. La esposa que se
queda con su marido dispuesta a sufrir las
consecuencias. Y usted Hedda, siempre ha sido un
enigma. Para mí, para mis lectores y para los críticos.

NORA

Era una muñeca de mi padre, luego fui una muñeca de
mi marido y ahora me siento como una muñeca de
alguien que ni siquiera conozco. Alguien me obligó a
venir a su velorio. No me preguntaron si quería hacerlo.

HEDDA

Nunca pensé que después de suicidarme en la obra
tendría una oportunidad de volver a vivir para despedir
a mi autor, a mi creador. La muerte tiene sus vueltas.

IBSEN

Me pregunto si todas las personas cuando mueren
tienen este privilegio. ¿O es solamente un privilegio para
dramaturgos? Un beneficio inesperado de la verdad
poética.

HELENA
Es una justicia poética, por demás totalmente merecida.

IBSEN
Excelente idea para una obra de teatro. Luego de la
muerte del autor, sus personajes preferidos se reúnen
en su velorio para despedirlo, y quizás quejarse del
destino arbitrario asignado por su creador. Si se me
hubiera ocurrido en vida, la hubiese escrito. Ahora ya es
tarde.

HEDDA
Como escritor ha sido usted muy cruel conmigo. Debo
decirle... Nunca le pedí la vida. ¿Qué clase de vida me ha
dado? No la quiero. ¡Se la puede llevar de vuelta!

IBSEN
¿Cruel en qué sentido? Usted es lo que es...

HEDDA
Usted me hizo como soy.

IBSEN
Soy el autor. Tengo todo el derecho.

HEDDA
Me encanta lastimar a los demás y lo disfruto. No soy
una esposa obediente. No tengo amor ni respeto por mi
esposo. Estoy privada de pasiones maternales y
maritales. Niego mi embarazo y mi maternidad. Soy

malvada, con una necesidad de obtener placer lastimando a los demás. Las mujeres del mundo real, sin importar cuan malas sean, no poseen rasgos tan atroces. Ibsen, ha creado usted un demonio en lugar de un personaje femenino.

IBSEN
¿Cuál es el problema?

HEDDA
¿Cuál es el sentido de crear un personaje con el que ninguna espectadora se puede identificar? Ninguno. El teatro en esas condiciones no le sirve a nadie.

IBSEN
Su personaje está inspirado en una persona real que también terminó suicidándose por un vacío existencial.

NORA
(a Hedda) Si todo eso es cierto, ¿Por qué se casó con su marido?

HEDDA
Me casé con Tesman porque pensé que no representaba ninguna amenaza sexual... y ahora me da asco.

HELENA
No es razón suficiente para casarse.

HEDDA
Bueno...Tesman era un hombre totalmente correcto en todos los aspectos y ofrecía más de lo que estaban dispuestos a hacer por mí el resto de mis admiradores, pero todo lo que me dio no me importaba en lo más mínimo. Lo único que me entretenía era jugar con las

pistolas que conservaba de mi padre, y andar por ahí, disparando al aire.

NORA
No comprendo como alguien puede casarse sin amor.

HEDDA
¿Amor? Mi luna de miel fue el evento más insoportable de mi vida. Estar todo el día con la misma persona fue tremendamente aburrido. Lo que yo pensé sería un satisfactorio matrimonio de conveniencia se convirtió en una pesadilla de odiosos deberes conyugales.

HELENA
Ahora entiendo su trágico final. No tenía otra salida.

HEDA
Mi única vocación es aburrirme hasta morir. Mi vacío interior sólo podía ser llenado por riquezas. Solo me interesaba el bienestar material y la necesidad de hacer lo que quiero hacer en cada momento. Sin restricciones.

HELENA
¿Para qué quería usted tanta libertad?

HEDDA
Mi tragedia es que para alcanzar mi autonomía mi única salida posible era el suicidio. En vida no tenía chances.

HELENA
Usted no es una "nueva mujer", sino una burguesa sin rumbo, una siniestra contraparte de Nora, una muñeca convertida en falsa heroína. Se emancipa, pero lo que hace con su libertad, sólo el Diablo lo puede saber.

HEDDA

No pude aprovechar la libertad que había en mi vida. Mi única opción fue abandonarla. No quedaba otra. El aspecto más trágico de mi vida, es que la única manera de probar la verdadera existencia de mi libertad fue cancelar mi propia vida. Suicidarme con un disparo hacia la nada.

HELENA

Inclusive su muerte no respeta las normas de la conducta femenina apropiada. La mayoría de los suicidios femeninos ocurren por dos razones: amor perdido o castidad entregada. Anna Karenina y Ema Bovary son ejemplos de esta tradición de "vírgenes deshonradas" y de "mujeres perdidas". Pero usted se mata porque está harta de ser la mujer de su marido, harta de visitar a las "eternas tías", harta de criar a un hijo.

NORA

Estoy segura que algún aspecto rescatable tenía. *(A Ibsen)* ¿Cuál es el sentido de hacer un teatro realista con un personaje irreal?

HEDDA

Usted es el fundador del drama moderno que inventó la obra de teatro con prosa realista y convirtió el teatro en un foro para el debate y el intercambio de ideas...El drama reformista.
¿Por qué hacer teatro realista con personajes irreales? ¿Por qué?

IBSEN

Hedda está basada en una mujer real que conocí en Munich. Se llamaba "Alberg" y Gabler es su anagrama. Se suicidó tomando veneno.

HEDDA
¿No tenía ningún aspecto rescatable? ¿Era 100% mala?

IBSEN
Un hombre es fácil de estudiar, pero una mujer es realmente de entender por completo. Son como un océano insondable. En el caso suyo, Hedda, he querido masculinizarla al extremo con un gusto por los caballos y las armas, una inclinación por la ironía y una gran indiferencia por las ocupaciones típicamente femeninas. Una mujer hermosa con un comportamiento típicamente masculino me parece un hermoso personaje.

HEDDA
La mujer ha desarrollado ciertos rasgos para complacer al grupo dominante: sometimiento, pasividad, falta de iniciativa, inocencia, gracia. Y si son bellas, utilización de la belleza para complacer. La servidumbre de las mujeres es compensada por la recompensa emocional originada en su propio comportamiento. Yo he roto con esas consignas.

NORA
Yo soy criticada porque ninguna mujer real abandona a sus hijos. pero usted Hedda es un verdadero enigma.

HELENA
No entendemos ni creemos en Hedda Gabler. ¿Para qué poner en escena una mujer que no existe en la vida real? El drama realista sin personajes reales no existe. El

drama que no genera debate sobre problemas pierde
sentido.

IBSEN

No estoy dispuesto a sacrificar mi arte por la aceptación
del público. Sólo puedo ser yo mismo en lo que escribo,
todo el resto son mentiras y convenciones sociales.
Simplemente, una manera de ser aceptado y vivir en
sociedad.

HELENA

Son castillos en el aire.

IBSEN

Castillos en el aire. Es difíciles construirlos, pero es fácil
refugiarse en ellos.

*Hedda toma dos pistolas de nácar y empieza a jugar
apuntando al aire y haciendo malabarismos.*

IBSEN

Veo que sigue con su afición por las pistolas. No creo que
aquí le sirvan de mucho. Yo estoy muerto y las demás
mujeres son personajes.

NORA

Hedda... lleva usted adelante un descarado manejo de
las pistolas de su padre. Apunta a todos los blancos
errados y sólo acierta cuando se apunta a sí misma.

HEDDA

Sólo tengo una habilidad: aburrirme a muerte. Mi
demonio es tratar de cambiar a los otros. Una vez que lo
consigo, los desprecio, por débiles y obsecuentes.

NORA
(A Hedda) No puede ser tan mala. Tiene que tener algún aspecto rescatable. Es lo único que justificaría la obra de teatro. No puede ser un ejercicio estéril.

HEDDA
Siempre tuve una gran conexión con mi padre. Me trató como un hijo varón, con ideales y símbolos masculinos: caballos, armas, ejercicio del poder, muertes heroicas. Quedé atrapada en un mundo viril y sólo pude ser la hija del General Gabler. Nadie más.

NORA
En la obra tocabas el piano. ¿Seguiste practicando después de tu suicidio?

HEDDA
Tocar el piano es como andar en bicicleta. Nunca se olvida.

NORA
¿Podrías tocar una tarantela?

HEDDA
Imposible negarse a un pedido de Nora Helmer, la mujer cuyo portazo cambió al mundo. Siempre la he admirado por tu coraje.

NORA
Una sola acción puede más que mil palabras. He sido muy afortunada…

IBSEN
Jamás imaginé tanto éxito en el momento de escribirla. Nunca se sabe lo que impactará a la audiencia…

HELENA
(a Nora) Su portazo abandonando la casa pasó a ser un símbolo de liberación femenina. Es una paradoja. El portazo debería haber sido de la puerta del dormitorio de los hijos para quedarse en la casa y ejercer el derecho de la exploración de su verdadera identidad, pero sin renunciar a su condición de madre.

HEDDA
Pareciera que toda la obra es una excusa para poder representar la escena del portazo.¿Una mujer tiene obligaciones más importantes que ser madre?

NORA
¿Justo usted dice lo que dice?

HEDDA
Nora, usted tiene la obligación hacia sí misma de explorar su potencial como ser humano, pero no puede ser a costa de su condición biológica, sino que debe incluirla.

HELENA
No es usted la persona más indicada para criticar a Nora.

HEDDA
Es lo que yo creo. No lo pude hacer en mi vida. Simplemente no lo pude hacer. No pude vivir siguiendo mis creencias.

HELENA
Aclaremos Nora que usted no es ni heroína ni vocera del feminismo. Su huida representa una versión trivial y frívola del feminismo emancipado, abandonando su

familia y sumergiéndose en el mundo para averiguar "su propia identidad". Es inocente pensar que usted pueda desarrollar una vida independiente por cuenta propia en esta sociedad patriarcal. Lo más probable es que se haya convertido en una muñeca, pero de otra persona.

HEDDA
Abandonar a un marido es difícil... ¿pero abandonar a tus hijos? Hay que ser mucho más valiente para dejar a sus chicos que para suicidarse. Usted es la verdadera heroína de nuestro tiempo. Aunque yo no esté de acuerdo, reconozco su valentía.

NORA
Estuve ocho años casada, tuve tres hijos. Creía ser feliz, pero sólo estaba contenta. Acepté las ideas de mi padre y de mi marido incondicionalmente con tal de complacerlos y agradarles. Mi casa era una guardería. Era una esposa-muñeca de mi esposo, como en casa había sido la muñeca-hija de mi padre *(Pausa)*. Y mis hijos eran, a su vez, mis muñecos. Siempre me he sentido como una mascota humana.

HELENA
Hay una obligación biológica de una madre con su cría. La biología de una mujer determina su destino. Usted ha violado esa obligación, tanto que la actriz alemana Hedvig Niermann-Rabe se ha negado rotundamente a permitir que la obra terminara en tragedia: no aceptaría que Nora dejara a sus hijos

IBSEN
(a Helena) Tal es así, que cuando me di cuenta de que ella estaba decidida a salirse con la suya, accedí a hacer un nuevo final: Nora no sale de la casa, se desploma en la

puerta, cae al suelo y no abandona a sus hijos. Siempre me he arrepentido de haber escrito ese nuevo final que traiciona mis ideales más íntimos.

NORA
(a Ibsen) En su obra me ha descripto como una narcisista irracional, una mujer anormal, histérica, que en su vano egoísmo abandona a sus propios hijos. Una especie de Medea de la alta burguesía. No es justo. Cuando el vanidoso egoísta es usted, que desarrolla personajes que satisface los parámetros de su drama realista. Usted ha sido simplemente un soberbio que manipula a sus personajes para llegar a las marquesinas, ganar dinero y conquistar la fama. Es lo único que le importa.

IBSEN
Siempre he intentado ser más humano, no ser mejor.

HEDDA
¿Cree que lo ha conseguido?

IBSEN
Escribir es sentarse a juzgarse a sí mismo. Nunca he traicionado mis ideales. Nunca he dejado de ser honesto conmigo mismo y con mis sentimientos. Todo lo que he escrito refleja mi verdadero yo. Nunca lo hice a cambio de dinero o de reconocimiento. Lamento que piense de esa manera. No soy culpable del éxito de Casa de Muñecas, solo una víctima. Lo mismo que ha sido usted.

HEDDA
¿La esencia de la femineidad es la maternidad? ¿Somos primero que nada esposas y madres? ¿Tenemos la obligación de criar a nuestros hijos? Mi nodriza podría

hacerlo perfectamente. Podemos y debemos disociar la maternidad de la crianza. Los hombres lo hacen. Nosotros podemos hacer lo mismo.

Hedda se sienta en el piano y comienza a tocar la tarantela. Nora empieza a bailar alrededor de Ibsen sin dejar de mirarlo a los ojos. Ibsen sigue su movimiento, cautivado por la gracia de su cuerpo.

IBSEN
Ahora entiendo a Torvald, su marido. Es encantador tener una muñeca en casa. Yo también la tuve pero no pude conservarla. La tuve que dejar igual que usted tuvo que dejar a su marido.

NORA
Bailo Sr. Ibsen, como despedida, como homenaje, bailo la tarantela que bailaba para mi marido y que usted eliminó de mi vida para obligarme a crecer. Bailo porque me gusta bailar. Bailo porque soy una persona que le gusta bailar la tarantela.

HELENA
Cuando se priva a la mujer de su exquisitez de muñeca y de su carácter angelical, ¿qué queda? Apenas un hombre.

NORA
Bailar tarantela no me convierte en una muñeca. No quiero ser una mujer que se prohíbe a si mismo bailar la tarantela simplemente porque es lo que les gusta a los hombres.

HELENA
Ha recorrido un largo camino, Nora. Baila porque es lo

que usted ha decidido. No porque otros lo han decidido
por usted. Nunca he llegado a tanto.

IBSEN

Cuando la escucho, escucho a un ser humano que ha
llegado a un nivel de conciencia superior, no a una mujer
que se ha liberado de las imposiciones de una sociedad
patriarcal. Nunca he sido feminista. Nunca he luchado
por los derechos de la mujer. Mi preocupación ha sido
siempre el ser humano y los problemas originados por
las imposiciones de la sociedad. Todos mis personajes
son personas a la búsqueda de su verdadero yo.

HEDDA

¿Lo que les pasa a las mujeres les puede pasar a
cualquier hombre? No lo creo.

*Nora deja de bailar y se queda mirando sorprendida
mirando a Hedda.*

IBSEN

Le puede pasar a cualquier ser humano. Sin distinción
de sexo no de género. Es inherente a la naturaleza
humana. El tema de Casa de Muñecas es la necesidad de
cada individuo de saber qué clase de persona es y la
importancia de luchar para convertirse en esa persona.
Nunca quise hacer una obra feminista sobre los
derechos de la mujer. Torvald, el marido, también está
atrapada en sus convenciones y no puede escapar de su
jaula. En ese matrimonio el único que logra hacerlo es
Nora. Pero lo hace como ser humano, no lo hace como
mujer. Yo no quiero liberar a las mujeres, como tales.
Quiero liberar al ser humano. No tiene nada que ver con
el género ni con el sexo.

HELENA

Este llamado feminismo simplemente está destruyendo y arruinando muchas familias. Las mujeres destruyendo sus relaciones conyugales, privando a sus hijos del amor materno y dejando atrás sus hogares. Las tasas de divorcio en Europa aumentaron desde que usted, Ibsen, empezó con su teatro realista.

IBSEN

Siempre me he resistido a la visión de que el hombre debe ser activo, fuerte, agresivo, aventurero, ambicioso, analítico. decidido, conocedor, físico, sexual, fuerte y exitoso. En tanto las mujeres deben ser sometidas, cooperativas, expresivas, enfocadas en la casa y la familia, suaves, intuitivas, inocentes, nutritivas, sensibles, simpáticas, tiernas, débiles. objetos de placer. Rechazo la dicotomía de géneros, La sociedad refleja una desigualdad permanente donde un sector impone a otra la realización de ciertas tareas basadas en la raza, clase social, religión o cualquier otro rasgo recibido en el momento del nacimiento. Mis obras reflejan mis ideas, no me importan las consecuencias prácticas.

HEDDA

Y sin embargo se fascina mientras ve a Nora bailando la tarantela. Las mujeres de esta época moderna, maltratadas como hijas, como hermanas, como esposas, no educadas de acuerdo con sus talentos, son, sin embargo, las proveedoras de las madres de la nueva generación, de las futuras mujeres. ¿Cuáles serán las consecuencias? ¿Cómo podremos dejar de bailar la tarantela para nuestros hombres? ¿Cómo podremos cambiar este modelo de mujer?

NORA

Un escritor modela sus personajes en base a personas
reales igual que un escultor hace sus esculturas
siguiendo a un modelo físico. ¿Quién fue la inspiración
de mi personaje?

IBSEN

Laura Kieler fue el modelo de su personaje. Nunca me
pudo perdonar haber usado su vida para hacer mi obra.
Laura se casó y su marido contrajo tuberculosis.
Consiguió un préstamo a espaldas de su marido para
financiar un viaje a Italia para que pueda sanar. Años
después falsificó un cheque en un intento de devolver el
préstamo. Su marido se enteró y pidió el divorcio y la
tenencia de sus hijos. Laura se tuvo que internar en un
asilo por un tiempo. Cuando salió se reconciliaron, pero
nunca pudo perdonarme por haber usado su historia.

HEDDA

¿Como puede entonces un escritor hombre describir la
psicología y comportamiento de una mujer?¿No debería
hacerlo una mujer?

HELENA

Está cayendo en la trampa de género que Ibsen está
evitando.

IBSEN

Toda mi vida he tratado de ser un poeta del alma
humana. Necesito modelos para mi trabajo. No puedo
partir de la nada.

HEDDA

Los escritores viven la vida observando la realidad y qué
pueden aprovechar para su obra. Son depredadores que

se apropian de lo ajeno sin que la víctima se dé cuenta, hasta que es demasiado tarde. Nunca hay que confiar en un escritor.

HELENA
(a Ibsen) Aun así... En la realidad hay mucha gente que consigue otra oportunidad ¿Por qué no me la ha dado usted? La misma que le dio a Nora.

IBSEN
Escribí Espectros como una respuesta a los furiosos ataques que me hicieron por Casa de Muñecas. Quise representar a una mujer que se equivocó con su marido, pero se queda en el matrimonio. Que fracasó como esposa y sólo consiguió que los pecados de los padres recaigan sobre los hijos. ¿Querían una mujer que se quedara con su marido? Aquí la tienen.

HELENA
Me obligó a no vivir mi vida sino a vivir la vida de los otros.

IBSEN
La obra fue violentamente rechazada por la prensa y luego sufrió una dura censura ejercida por el público que se negaba a comprar el libro En una situación sin antecedentes, los libreros enviaban sus copias en devolución a la editorial. El mundo tardará mucho tiempo en entender el sentido de esta obra. Por lo menos 10 años.

NORA
(recriminando a Ibsen) Pero igual Helena hubiera debido tener su oportunidad en la vida, como la tuve yo.

HELENA
(a Nora) No tengo las limitaciones de sus ideales
dogmáticos. Esa compulsión intima de juzgar todas las
acciones desde un punto de vista del idealismo y de la
religiosidad. Para mí el matrimonio no es un regalo del
cielo. Para mí el matrimonio es un desafío que debe ser
enfrentado y resuelto.

HEDDA
Todos vivimos con la ilusión que podemos escapar a las
consecuencias de nuestro pasado y podemos empezar
una nueva vida a partir de ciertas decisiones.

NORA
Sería un milagro. Otro milagro más de los que
necesitamos para seguir viviendo

HEDDA
¿Qué sería algo maravilloso para usted? ¿Qué milagro
estas esperando? Sólo los chicos esperan milagros

NORA
El milagro de que un hombre se sacrifique por amor.

HEDDA
¿Un hombre que haga por usted lo que usted ha hecho
por él? Puede esperar. Tiene toda la eternidad. Nunca
sucederá.

HELENA
(A Nora) Usted se ha entregado a sus ideales, yo he
vivido en la verdad. No me he aventurado en lejano,
distante futuro, sino que me he quedado en mi presente
con tranquilidad, aceptando las consecuencias de mis
acciones.

NORA
¿Ha asumido que los pecados de los padres vuelven
sobre los hijos?

HELENA
Yo fui elegida como su sucesora. Usted abandonó la casa
de muñecas y un matrimonio imposible. Yo me quedé y
me sometí, responsable o irresponsablemente, con
trágicas consecuencias.

NORA
Pero no fue una decisión suya Helena, sino del pastor
Manders, que no la aceptó y la devolvió a mi marido. Si
la hubiera aceptado, otra sería la historia.

HELENA
Apenas un año después de casada con el Capitán, me
quise ir con el pastor Manders, que me rechazó porque
el deber de una mujer es quedarse con el marido. Me
quedé con un marido a quien no quería por el beneficio
de mi hijo. Pero mi hijo heredó la sífilis de su padre. Su
padre se acostó con la mucama y tuvo una hija. Ahora mi
hijo se enamoró de su medio hermana y para prevenir el
incesto le tuve que decir la verdad. El orfanato
construido en memoria del padre quedó reducido a
ruinas en un incendio. Todo se quema. Todo se destruye.

IBSEN
No es solamente lo que heredamos de nuestros padres
lo que vive en nosotros. Es una serie completa de
elementos, de viejas ideas viejas y ya muertas.
Parecieran de alguna manera provenir de los muertos,
pero no podemos deshacernos de ellos. Cuando leemos
cualquier diario podemos entrever en las noticias todos

los fantasmas del pasado. Hay espectros, fantasmas por toda la ciudad, todo el país, todo el mundo, tan pesados y densos como una roca. Pero inasibles al mismo tiempo.

HELENA
Yo puedo ver esos fantasmas todo el tiempo. Me maldigo cada vez por no haber dicho la verdad que conocía, por haber obedecido a otras personas en vez de seguir mi propio corazón y mi propia mente. ¡He sido tan cobarde por tapar la verdad! ¡Cobarde hasta el fin!

NORA
(A Helena) Es su imposibilidad de desarrollar sus obligaciones conyugales amorosamente la que provocó la ruina de su marido. Es su responsabilidad no haber satisfecho a su marido en su insaciable sed de vida y haber convertido su hogar en una casa insoportable.

HELENA
Me casé por conveniencia y no supe o no pude aprender a amar a mi marido como él lo necesitaba. Quise dar el portazo, dejar a mi marido, pero no pude y volví al sendero de mis obligaciones, con consecuencias trágicas sobre mi hijo que jamás pude haber sospechado.

HEDDA
Algo habrás hecho en el dormitorio… o no habrás hecho…. para empujar a tu marido a buscar placeres en otro lado. Podrías haber evitado la catástrofe, la locura de tu hijo y la sífilis, que heredó del padre. Es tu frialdad y falta de interés en el sexo el que empujó a tu marido. No era una mala persona, se hizo mala a causa de tu desinterés.

NORA

Una vez que volviste era tu deber desear a tu marido sexualmente. No haberlo hecho te hace corresponsable de la tragedia.

HELENA
¿Como se puede hacer el amor apasionadamente con un marido que no es amado? ¿Como se le puede exigir a una mujer que sienta lo que no siente? ¿Qué clase de moral sexual es esa?

IBSEN
Las consecuencias de resignar la verdad en favor de las demandas de la sociedad tiene consecuencias. El clamor de los ideales es inextinguible. Están siempre ahí. En ninguna de mis obras el pasado está tan presente como lo está en Espectros.

HEDDA
(A Ibsen)¿Y Usted? ¿Qué ideales ha tenido que resignar? Nadie es perfecto. Alguna renuncia tuvo que haber...

IBSEN
Crear mundos imaginarios es hermoso, pero vivir esos mundos en la realidad es mucho más hermoso. Los ideales de verdad y belleza se han convertido en su contrario, en la no deseada esclavitud al servicio de la falsedad.

HELENA
¿De qué ideales nos está hablando?

IBSEN
Soy pesimista porque no creo en la inmortalidad de los ideales humanos. Pero también soy optimista, porque creo plenamente en el poder generador de los ideales.

NORA
No está siendo claro, estimado Ibsen.

IBSEN
Emilie ha sido una locura de verano en mi vida.. Fue el ideal amoroso, pero tuve que traicionarlo. Cuando nos dejamos de ver tuve que vivir entre las ruinas de mi felicidad.

HEDDA
¿Emilie? ¿Quién es Emilie? ¿Un personaje de alguna de tus obras? No logro ubicarla...

IBSEN
Emilie fue la juventud personificada. Lo que necesitaba para sostener mi vida y mi escritura.

NORA
¿Dónde se conocieron?

IBSEN
Me enamoré a primera vista, en el momento en que la vi. El verano que pasamos juntos en Gosensass. Fue la instancia más feliz y hermosa de toda mi vida. Fue el sol de Mayo de una vida de Septiembre. La más hermosa criatura del verano de una temporada de mariposas y de flores salvajes.

HEDDA
¿Qué papel tuvo Emilie en su vida?

IBSEN
Emilie fue una princesa angelical que conocí en unas vacaciones. Ella tenía 18, yo 61. Nuestro encuentro fue

una necesidad natural. La vi sentada leyendo un libro
sentado en un banco al lado del lago y me acerqué
embobado para empezar nuestra primera conversación.

NORA
¿Sólo 18 años?

IBSEN
No soy ni seré el único hombre con una debilidad por las
mujeres jóvenes que va aumentando en la vejez.
Además, me interesaba estudiar a las mujeres jóvenes,
porque quería saber si su posición en la sociedad era
realmente como las había descrito en mis obras de
teatro.

HELENA
No soy la más autorizada para dar opiniones, pero
parece demasiado joven para una amistad con un
hombre como usted.

IBSEN
No lo crea...conocer a Emilie fue mi momento de
epifanía. De pronto tuve una percepción súbita y
completa de las mujeres en todos sus aspectos: madre,
hija, hermana, novia, amante, esposa e intrusa.

NORA
¿Y su mujer? ¿Pudo tolerarlo?

IBSEN
Yo era un hombre fatigado por un largo matrimonio,
avanzado en años y en achaques, que buscaba
rejuvenecerse con sus princesas. Es lo que necesitaba y
conté con su aprobación. Nunca tuve relaciones físicas.

Nunca me animé. Si me hubiera animado no sé si lo hubiera podido concretar.

NORA
Fue un hombre muy afortunado en su matrimonio. Su esposa le tenía un amor incondicional.

IBSEN
Suzanne nunca tuve celos de mis chicas jóvenes porque no era infidelidad en el sentido habitual de la palabra. Aceptaba que era una necesidad de mi imaginación como escritor, que la presencia de la juventud motivaba mi producción poética.

NORA
¿Qué sucedió con esa relación?

IBSEN
Tenía 61 años y ya no podía perseguir ninguna loca añoranza, abandonar mis responsabilidades familiares, arriesgar un gran escándalo personal para relacionarse físicamente y emocionalmente con una mujer de 18 años.

HELENA
¿Siguieron la relación por carta?

IBSEN
Luego de ese verano le escribía movido por mi pasión, pero al mismo tiempo con el temor de alentar tus sentimientos. Me mandaba demasiadas cartas, demasiados regalos, decía que rompía la monotonía de su vida, que yo era la persona más importante en su existencia. Era demasiada responsabilidad, no quería asumirla. Entonces decidí alejarme.

HELENA
En el momento de asumir responsabilidades todos los hombres se alejan.

IBSEN
Emilie me decía que ella debía tomar la decisión de cómo desarrollar todo el potencial de su vida tan joven, que mis argumentos de que debía buscar su camino en forma independiente eran todas mentiras. Que simplemente no quería aceptar la posibilidad del amor. Que prefería la seguridad y la monotonía de mi vida con mi esposa, mi escritura, mis viajes, mis honores y reconocimientos. Que no quería el escándalo de mis obras en mi propia vida.

HEDDA
¿Llegaron al plano físico alguna vez?

IBSEN
Emilie siempre tuve claro que mi objetivo era llegar a la posesión física, superando todos los obstáculos, pero no pude. Tenía miedo del contacto físico, de no estar preparado para las exigencias del momento, de la frustración que implicaría para los dos.

HEDDA
¡Usted exige valentía a sus personajes pera reserva la cobardía para su propia vida!

IBSEN
Así es, preferí no arriesgarme. Nunca fui un hombre valiente. Todo lo contrario. Toda mi valentía estaba destinada para mis personajes. Un hombre mayor no quiere aventuras., quiere tranquilidad. Quizás por eso

nunca dejé de escribir teatro, para que mis personajes hicieran lo que yo no podía.

NORA
¿Cómo terminó?

IBSEN
Era muy doloroso para mí mantener vivos los recuerdos y decidí interrumpir mi correspondencia. Además, le pedí que no me escribiera hasta que las circunstancias cambiaran. Nunca cambiaron. Todo lo que hice fue mandarle el manuscrito de Hedda Gabler.

HEDDA
Quizás de tanto hacer análisis y disección de emociones, se le haya pasado la vida sin disfrutarla. ¡Ha sido un comportamiento muy cruel y egoísta!

IBSEN
Quizás no quería quedar comprometido por escrito. No quería dejar testimonio de mis debilidades para toda la eternidad. Además, no estaba satisfecho con una relación basada en cartas, es como hacer las cosas a medias, hay algo que no es sincero en la correspondencia.

NORA
Fue una historia de amor, pero real, de carne y hueso, no de tinta y papel.

IBSEN *(en lágrimas)*
Fue la dolorosa felicidad de intentar alcanzar lo imposible.

Nora se acerca amorosa para abrazar y consolar a Ibsen.

IBSEN
He pasado mi vida luego de aquel verano recordando y
experimentando las mismas emociones una y otra vez.
Representando en un sin fin las escenas de nuestro
encuentro.¿Nuestro encuentro fue una estupidez? ¿Fue
una locura? ¿Fueron las dos? ¿Fue ninguna de ellas?

HEDDA
¿Después de Emilie hubo otras?

IBSEN
Hubo varias. Las mujeres jóvenes se volvieron
indispensables para mi producción poética. Fueron
siempre aceptadas y hasta alentadas por mi mujer, que
consideraba que era su obligación conyugal hacer todo
lo posible para cuidarme y crear las condiciones para
estimular mi escritura.

HEDDA
¿Por qué las mujeres tienen la función de ser musas de
los hombres? Es claro que la visión patriarcal de la
sociedad es también compartida por usted. ¿Por qué no
hay hombres que sean musas de las mujeres?

IBSEN

Hubo…. Lord Douglas fue la musa inspiradora de Oscar
Wilde.

HEDDA
Era una relación entre homosexuales. No es comparable.

IBSEN
La belleza idealizada de la juventud pareciera ser el

motor de la producción poética, con independencia del sexo, del género o preferencia sexual.

HELENA
Si investigamos la antigua Grecia sin duda encontraremos poetas inspirados por jóvenes efebos. La juventud convoca a la belleza.

IBSEN
La juventud es belleza…Yo como artista deseo a la mujer, pero le temo porque su presencia en mi vida compite con mi arte. Mediante la idealización de la mujer la convierto en mi musa, deja de ser una amenaza para mis propósitos y me ayuda a conseguirlos. Como artista puedo subordinar la vida al arte porque la mujer me provee la descendencia poética.

NORA
¿Qué obra estaba escribiendo ese verano?

IBSEN
Fue en ese verano que concebí y escribí Hedda Gabler. Siempre me he preguntado cómo mientras sentía tanto amor por Emilie pude imaginar un personaje que era todo lo contrario.

HEDDA
¿Cree usted que hay algún parecido entre mi persona y Emilie?

IBSEN
Ningún parecido.

HEDDA

Nadie podría ser más distinto a mí que esta mujer malcriada criada en cuna de oro, que anda por la vida sin ningún propósito, cuyo único patrimonio son las cartas que le envió un famoso escritor.

IBSEN
Lo mejor es que nunca salgan a la luz. Mis relaciones con mis princesas fueron completamente inocentes. Pero cualquiera que lea las cartas podría pensar todo lo contrario.

HEDDA
Nada más aburrido que Emilie Bardach. Su única virtud es haber sido joven cuando usted la conoció sentada en una plaza de Gossenssas.

IBSEN
Las cartas están bien guardadas. Las enviadas y las recibidas. Espero se conserven bien porque con el tiempo quizás sirvan para un propósito superior.

HEDDA
No tenga dudas que serán publicadas. Ninguna princesa con cartas de amor escritas por el mismísimo Ibsen puede resistir la gloria de dar a conocer al gran publico su privilegio: haber sido amada por un gran hombre.

IBSEN
No esté tan segura. Otras princesas reaccionaron distinto. Eliminaron mi dedicación en los ejemplares de las obras que les regalé y quemaron todas las cartas. No sé si hicieron lo correcto.

HEDDA

No hicieron lo correcto. La correspondencia con un genio como usted es un patrimonio de la humanidad. No puede ni debe ser destruida.

IBSEN
Todas mis obras posteriores reflejan mi relación erótica fallida con Emilie. Había suprimido mis anhelos tanto tiempo… pero cuando tuve la oportunidad no pude hacerlo. Con Emilie conocí nuevas glorias, pero también nuevas oscuridades. Fue mucho más que una inspiración poética. Fue el amor de mi vida. El remanso de mi vejez. Simplemente no me atreví a vivir el amor. Pareciera que sólo soy capaz de escribirlos, no de vivirlos.

Se escucha el himno nacional noruego y ruidos de carruajes tirados a caballo que se acercan con voces de mando en lejanía.

HEDDA
Se nos acabó el tiempo. Deben llevarlo ya al cementerio. Será enterrado con todos los honores. Es ahora el héroe nacional de Noruega.

NORA
Usted fue un genio porque pudo ver el futuro. Pudo ver lo que nadie veía. Utilizar el teatro como agente de cambio social es un maravilloso logro. Todos lo recordaremos.

IBSEN
(sigue embelesado recordando a Emilie) Ese verano en Gossensass fue el verano más hermoso y más feliz de toda mi vida. Apenas me atrevo a pensar sobre eso. Sin embargo, lo hago. Debo hacerlo. Siempre. Siempre. Ahora más que nunca.

Las tres mujeres lo toman de los brazos y lo arrastran al féretro. Ibsen sigue rememorando melancólicamente)

IBSEN
¿Qué será de nuestros ideales? ¿Qué será de nuestra verdad?

Ibsen sentado en el féretro mientras se resiste a ser encerrado.

IBSEN
Noruega es un país libre habitado por personas encarceladas.

Ibsen finalmente ingresa en el féretro presionado por las tres mujeres.

IBSEN
(desde adentro del féretro a través de las maderas se escucha en sordina) ¿Quién es el enemigo? La sociedad que fuerza a la mujer y al hombre a un rol predeterminado, negándole autonomía para decir su propio destino de acuerdo con sus propias preferencias.

Las tres mujeres ordenan el lugar, ponen las flores sobre el féretro. Prenden las velas y se retiran apresuradamente.

FIN